UMA NOITE DE TEMPESTADE...

HISTÓRIA DE **YUICHI KIMURA**
ILUSTRAÇÕES DE **HIROSHI ABE**

TRADUÇÃO PARA O INGLÊS: **LUCY NORTH**
TRADUÇÃO PARA O PORTUGUÊS, A PARTIR DO INGLÊS: **MONICA STAHEL**

Martins Fontes
São Paulo 2005

O vento uivava e rugia, e a cada lufada a chuva caía com mais força, como se fosse uma saraivada de bolinhas de chumbo.

Aquela noite, a tempestade era violenta e ruidosa. A chuva batia pela esquerda, depois pela direita, lançando a pequena cabra de um lado para o outro.

Com muita dificuldade, escorregando e caindo, a cabra branca conseguiu deslizar morro abaixo e, para seu alívio, encontrar abrigo numa choupana caindo aos pedaços.

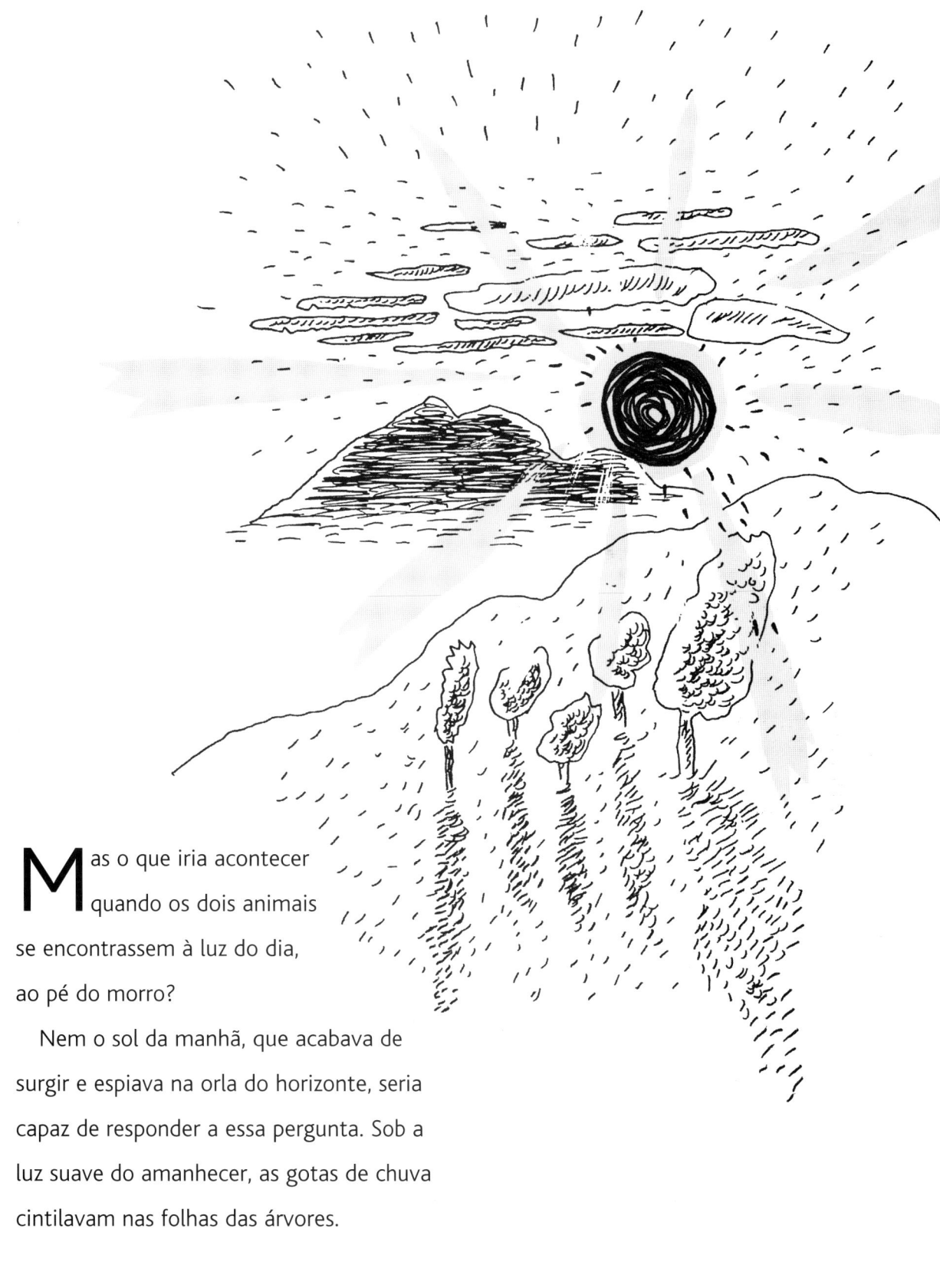

Mas o que iria acontecer quando os dois animais se encontrassem à luz do dia, ao pé do morro?

Nem o sol da manhã, que acabava de surgir e espiava na orla do horizonte, seria capaz de responder a essa pergunta. Sob a luz suave do amanhecer, as gotas de chuva cintilavam nas folhas das árvores.

— Tudo bem. Então boa noite. Cuide-se. "Noite de tempestade".

— Até amanhã. "Noite de tempestade".

Soprava uma brisa fresca e suave. Era difícil acreditar que um pouco antes uma tempestade despencara sobre eles.

Acenando um para o outro na escuridão, os dois animais se despediram e cada um seguiu seu caminho de volta para casa. Ainda não havia amanhecido e nada se agitava em volta deles.

— Ótimo. Mas e se não nos reconhecermos?
— Bem, eu vou dizer: "Acho que já nos encontramos antes. Numa noite de tempestade."

A cabra riu:
— É só dizer "Noite de tempestade" que já vou saber que é você.
— Tudo bem, vai ser nossa senha: "Noite de tempestade".

— Então, que tal almoçarmos amanhã? — perguntou a cabra.
— Para mim está ótimo. Depois dessa tempestade, aposto que o céu vai clarear e amanhã vai ser um lindo dia de sol — respondeu o lobo.
— Então vamos resolver onde nos encontraremos?
— Hmm — fez o lobo, pensativo. — Que tal aqui, na frente desta choupana?

— Hmm, claro, por que não? Achei que fosse passar a pior noite da minha vida, com essa tempestade terrível. Mas agora, graças a você, fiz uma grande amizade. Não foi tão ruim assim. Aliás, acho que foi a melhor noite que já passei! – disse o lobo.

— Ah, veja – disse a cabra. – Parece que a tempestade está diminuindo.

— Está mesmo.

Algumas estrelas apareceram por entre as nuvens. Eram poucas, mas eram estrelas.

— Eu estava justamente pensando que, de fato, nos damos muito bem.

— O que você acha de nos encontrarmos de novo? — sugeriu a cabra. — Mas, dessa vez, com tempo bom. Poderíamos marcar um almoço.

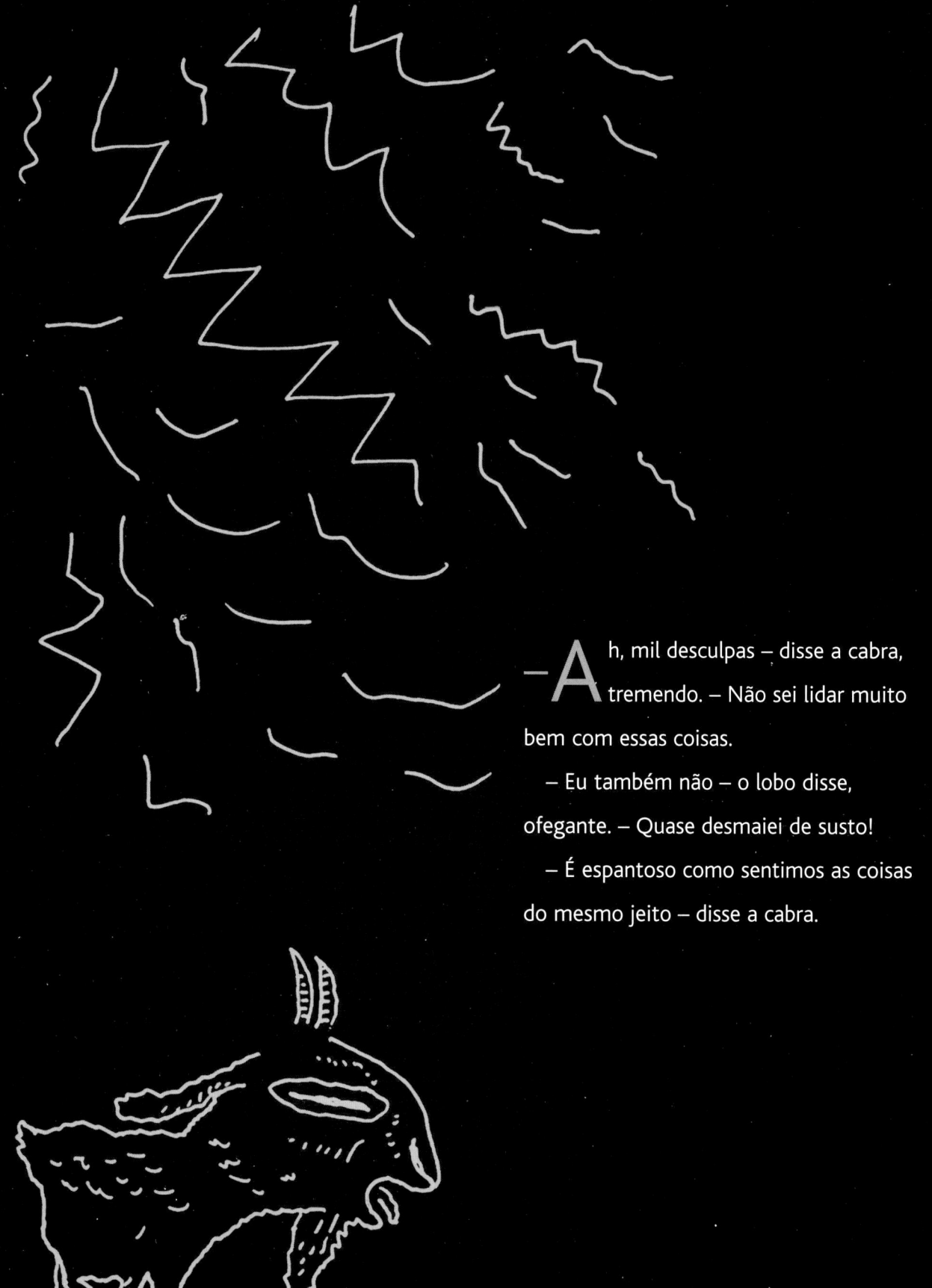

— Ah, mil desculpas — disse a cabra, tremendo. — Não sei lidar muito bem com essas coisas.

— Eu também não — o lobo disse, ofegante. — Quase desmaiei de susto!

— É espantoso como sentimos as coisas do mesmo jeito — disse a cabra.

Justo naquela hora, KA-BUM! O estrondo de um trovão sacudiu a choupana e tudo o que havia dentro dela. Instintivamente, os dois animais deram um berro e se abraçaram.

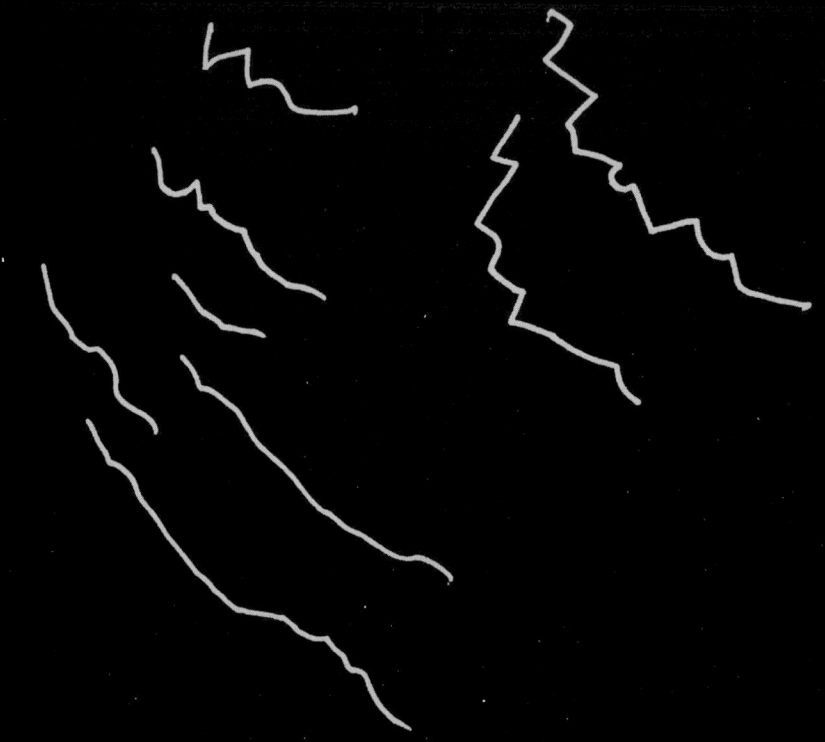

— Ora, o brilho foi tão forte que tive que fechar os olhos – respondeu o lobo. – Mas logo vai clarear e vamos poder nos ver.

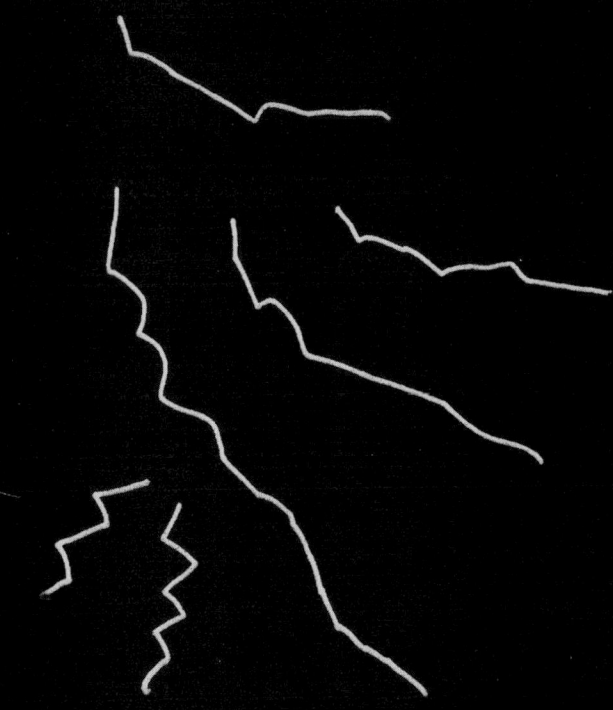

– Minha nossa – disse a cabra –, que estupidez! Bem na hora do raio olhei para baixo e não vi sua cara. Mas você viu a minha, não viu? Acha que nos parecemos?

Bem naquela hora, CR-R-ACK! Um raio enorme lampejou bem ali perto. Por um instante, o interior da choupana ficou claro como o dia.

— Hé, hé — concordou o lobo. — Está muito escuro e não conseguimos nos ver, mas nunca se sabe. Provavelmente também somos muito semelhantes de fisionomia.

—Hi, hi. Que engraçado, temos muita coisa em comum – observou a cabra.

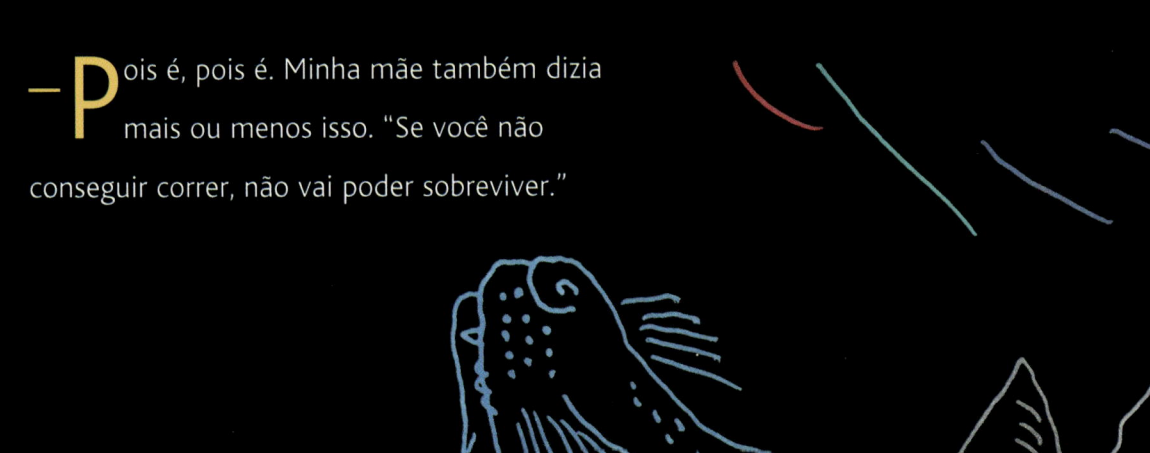

—Pois é, pois é. Minha mãe também dizia mais ou menos isso. "Se você não conseguir correr, não vai poder sobreviver."

—Verdade? Comigo também era assim. Toda refeição minha mãe me dizia a mesma coisa: "Coma tudo, você precisa ficar forte. Magricela desse jeito, quando sua vida estiver em perigo, você não vai conseguir correr. Desse jeito não vai sobreviver" – disse a cabra.

— Imagine só, quando criança eu era muito magricela — o lobo prosseguiu. — Agora tenho muito apetite, mas naquele tempo minha mãe vivia dizendo: "Coma! Coma! Você tem que comer mais!"

E os dois ficaram falando da vontade de saborear sua comida favorita.

– Um belo naco de cabra, isso é que eu queria!

– Uma bela porção de capim, isso é que eu queria!

Mas um não ouviu o que o outro disse porque, bem naquela hora, um trovão ribombou ao longe.

— Isso mesmo. Depois de experimentar a primeira mordida, não dá vontade de comer outra coisa.

— É, nunca tinha pensado nisso. Mas agora que você está falando... Tem razão.

O lobo grunhiu:

— Só de pensar me dá água na boca. Daria tudo para poder comer agora mesmo!

— Eu também! Acho que não ia parar de mastigar!

– Lá a comida é melhor do que em qualquer outro lugar. É macia, suculenta...

– Cheirosa...

– Mas não é macia demais. É bem firme, boa de morder...

– E não enjoa, dá para comer todos os dias.

—Por falar nisso, muitas vezes vou comer no sopé da Colina da Brisa, no Vale da Lã – disse o lobo.
— É mesmo? Que coincidência. Também é um dos meus lugares favoritos.

– Na verdade, eu daria tudo para ter uma coisinha gostosa para saborear agora – disse o lobo.

– É exatamente o que eu estava pensando – disse a cabra.

— Hm, mais ou menos — a cabra replicou, rindo com modéstia.

Na mesma hora, o estômago da cabra e o do lobo começaram a roncar alto.

— Só de pensar já estou com fome — disse o lobo.

— Eu também. Estou com uma fome danada!

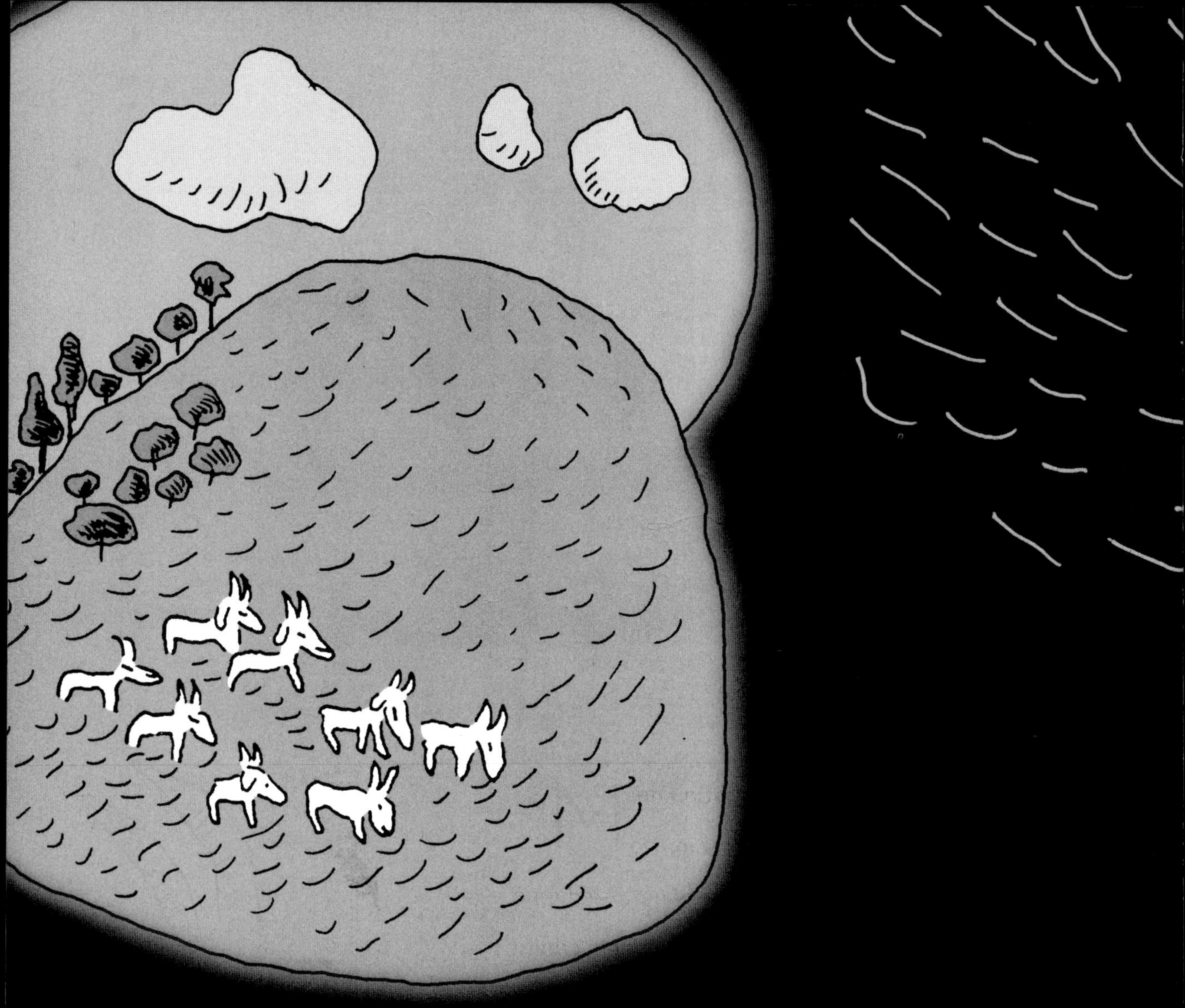

— Você deve ter muita coragem. Eu moro perto da Colina da Brisa.

Dessa vez foi o lobo que ficou impressionado.

— É mesmo? Que felicidade a sua. É um lugar cheio de coisas deliciosas para comer, não é mesmo?

Para o lobo, coisas deliciosas eram cabras.

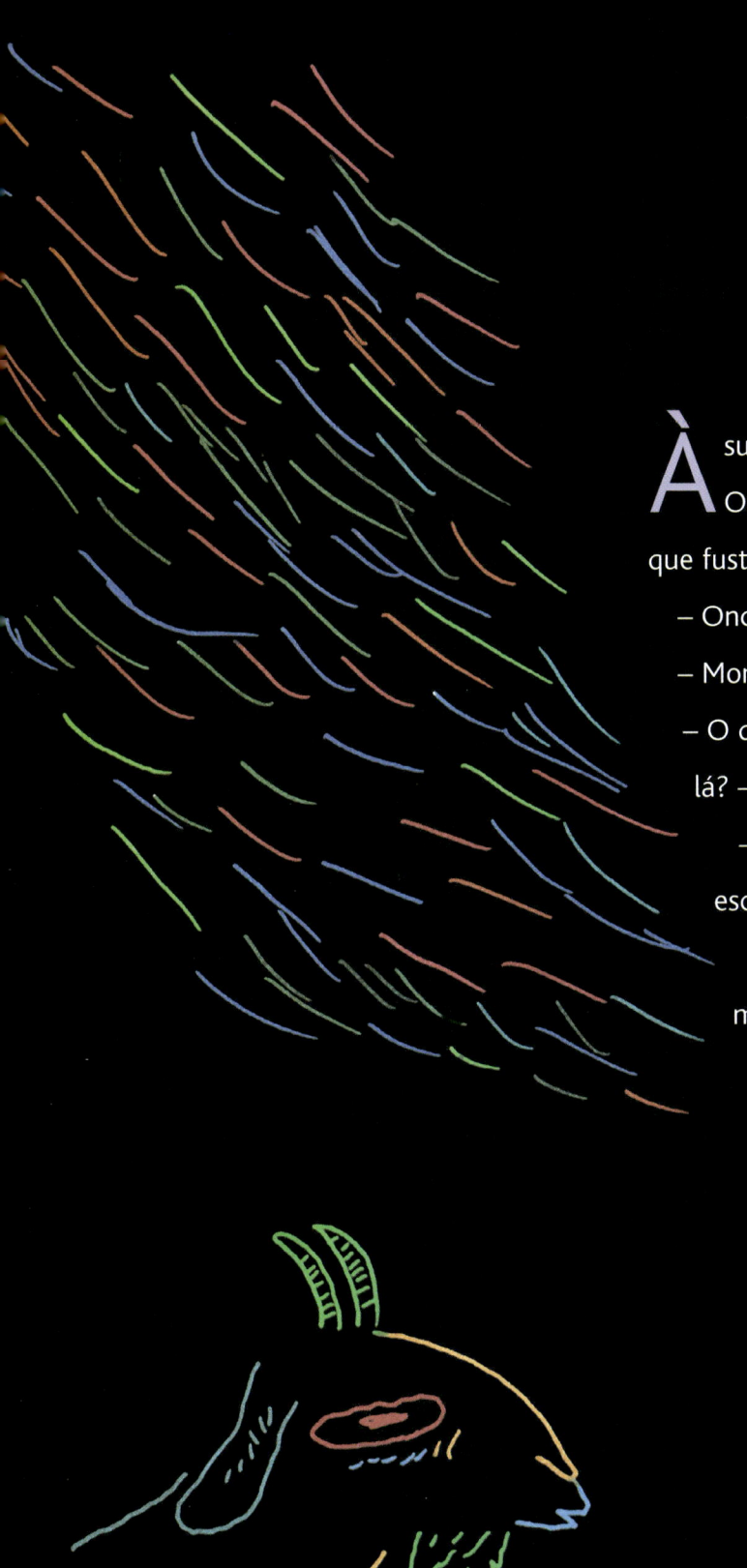

À sua volta, ouviam o barulho da tempestade. Ora era o vento que gemia, ora era a chuva que fustigava a choupana.

— Onde você mora? – perguntou a cabra.

— Moro na região da Ravina Voraz.

— O quê? Na Ravina Voraz? Não é perigoso morar lá? – a cabra se espantou.

— Ah, nem tanto. De fato, é um terreno meio escarpado, mas é um lugar agradável.

A Ravina Voraz era um lugar em que as matilhas de lobo sempre iam caçar.

O lobo também quase falou:
— Sua risada é aguda e mansa, parece risada de cabra.

Mas achou melhor não dizer nada, pois aquilo poderia ofender.

A cabra quase falou:
— Sua voz é áspera e feroz, parece voz de lobo.

Mas achou que dizer aquilo seria uma grosseria e ficou calada.

— A... A... Atchim! — de repente o lobo soltou um espirro enorme.

— Está se sentindo bem? — perguntou a cabra.

— Hmm — o lobo fungou. — Devo ter apanhado um resfriado.

— Eu também. Estou com o nariz entupido. Não consigo sentir o cheiro de nada.

— Hé, hé — o lobo deu uma risadinha. — Engraçado, não é? Não consigo sentir seu cheiro. Só nos conhecemos pela voz.

— Hi, hi, hi — a cabra concordou.

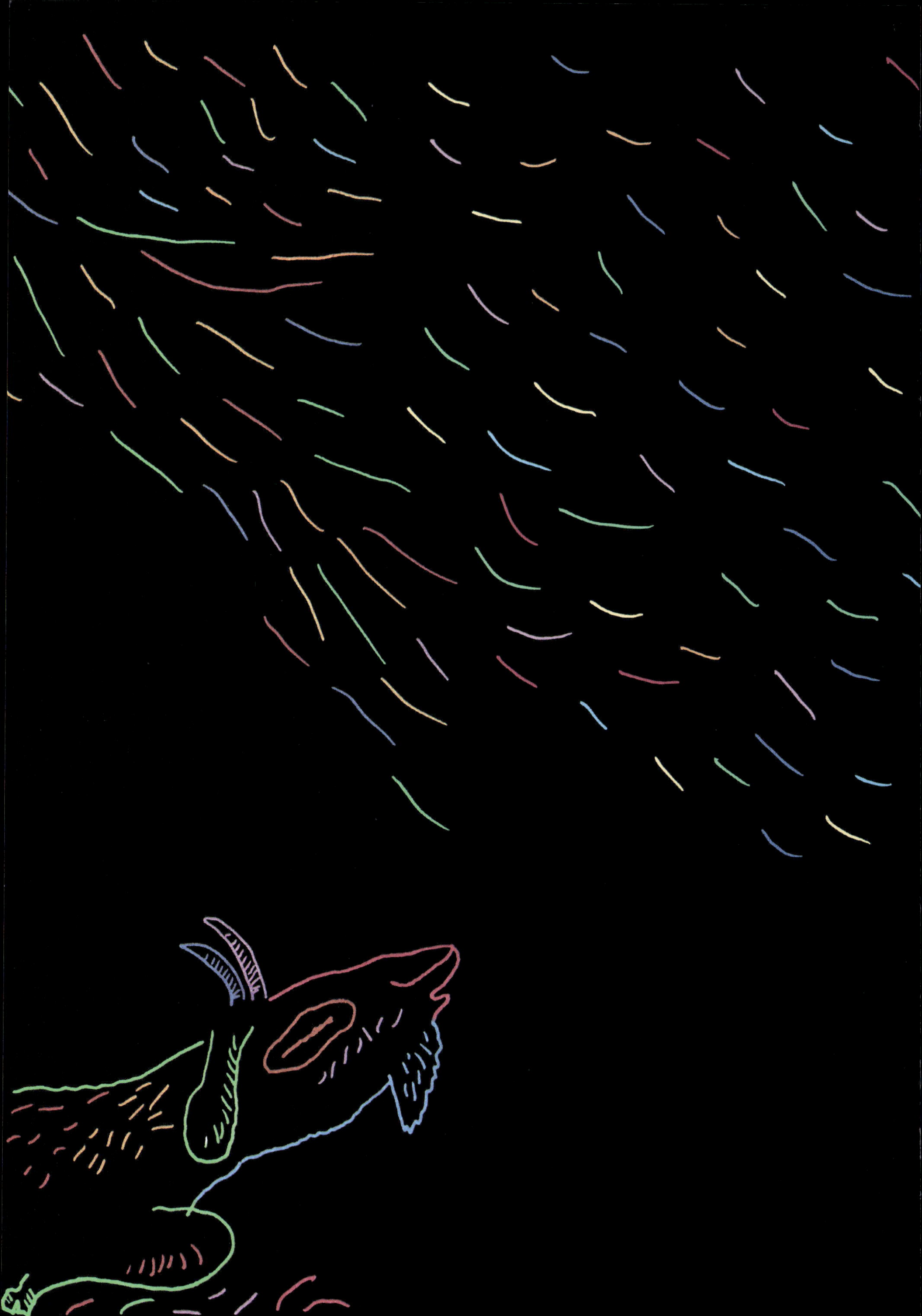

— É muita gentileza. Então vou... Uf!

Houve mais alguns suspiros e gemidos, e um ou dois "Ai!".

Quando o lobo se esticou, sua pata tocou de leve na coxa da cabra.

A cabra pensou: "Que engraçado, essa cabra tem um casco tão macio." Mas ela imaginou que talvez fosse um joelho, e não um casco.

— Agora vamos ver se eu consigo... Ai! Ui! – tentando sentar, o lobo gemia e resmungava.

— O que houve? – perguntou a cabra.

— Ao caminhar até esta choupana, torci o tornozelo.

— Puxa, isso é horrível. Pode chegar mais para cá. Ocupe o espaço que for preciso.

—Pois eu posso dizer o mesmo. Passar uma noite de tempestade como esta nesta choupana, sem mais ninguém, é de fazer qualquer um tremer de medo.

Pelo visto o lobo também não tinha percebido que sua companheira era uma cabra.

Pois é isso mesmo. O vulto escuro que acabava de entrar não era uma cabra. Na verdade, era um lobo. Era um lobo de dentes afiados e, pior ainda, que adorava carne de cabra.

— Bem, é um alívio ter alguém para me fazer companhia — disse a cabra.

Ela ainda não tinha percebido que, na verdade, seu novo companheiro era um lobo.

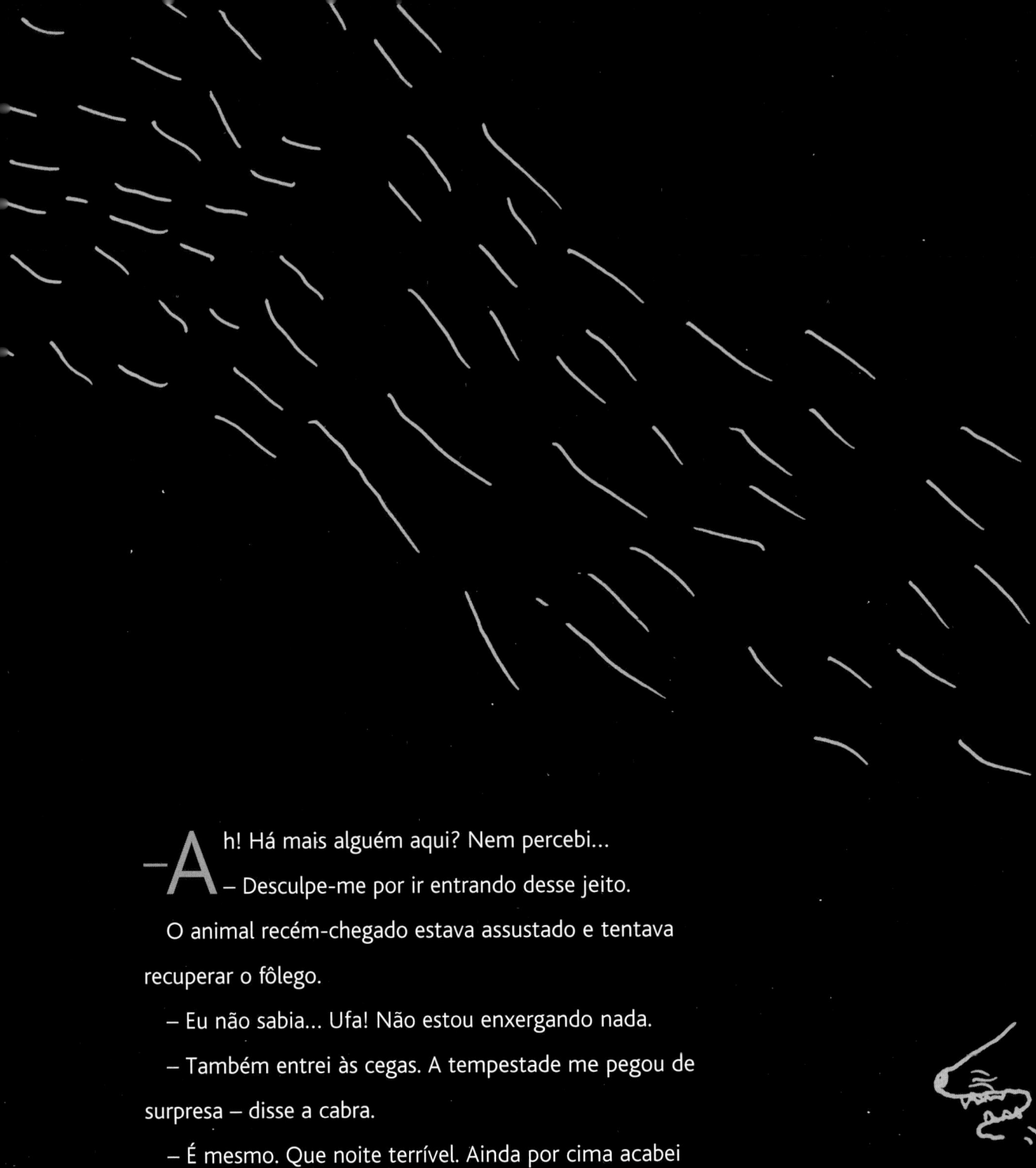

– Ah! Há mais alguém aqui? Nem percebi...
– Desculpe-me por ir entrando desse jeito.

O animal recém-chegado estava assustado e tentava recuperar o fôlego.

– Eu não sabia... Ufa! Não estou enxergando nada.

– Também entrei às cegas. A tempestade me pegou de surpresa – disse a cabra.

– É mesmo. Que noite terrível. Ainda por cima acabei machucando a perna. Estou no fim das forças! – e, com um suspiro de exaustão, ele colocou a bengala no chão.

Colocou a bengala no chão? Então...

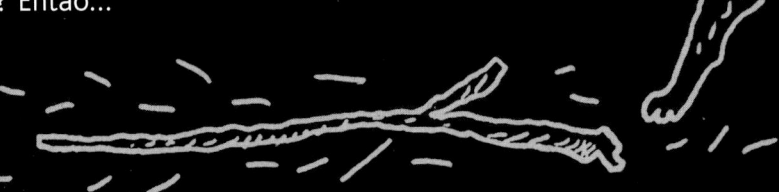

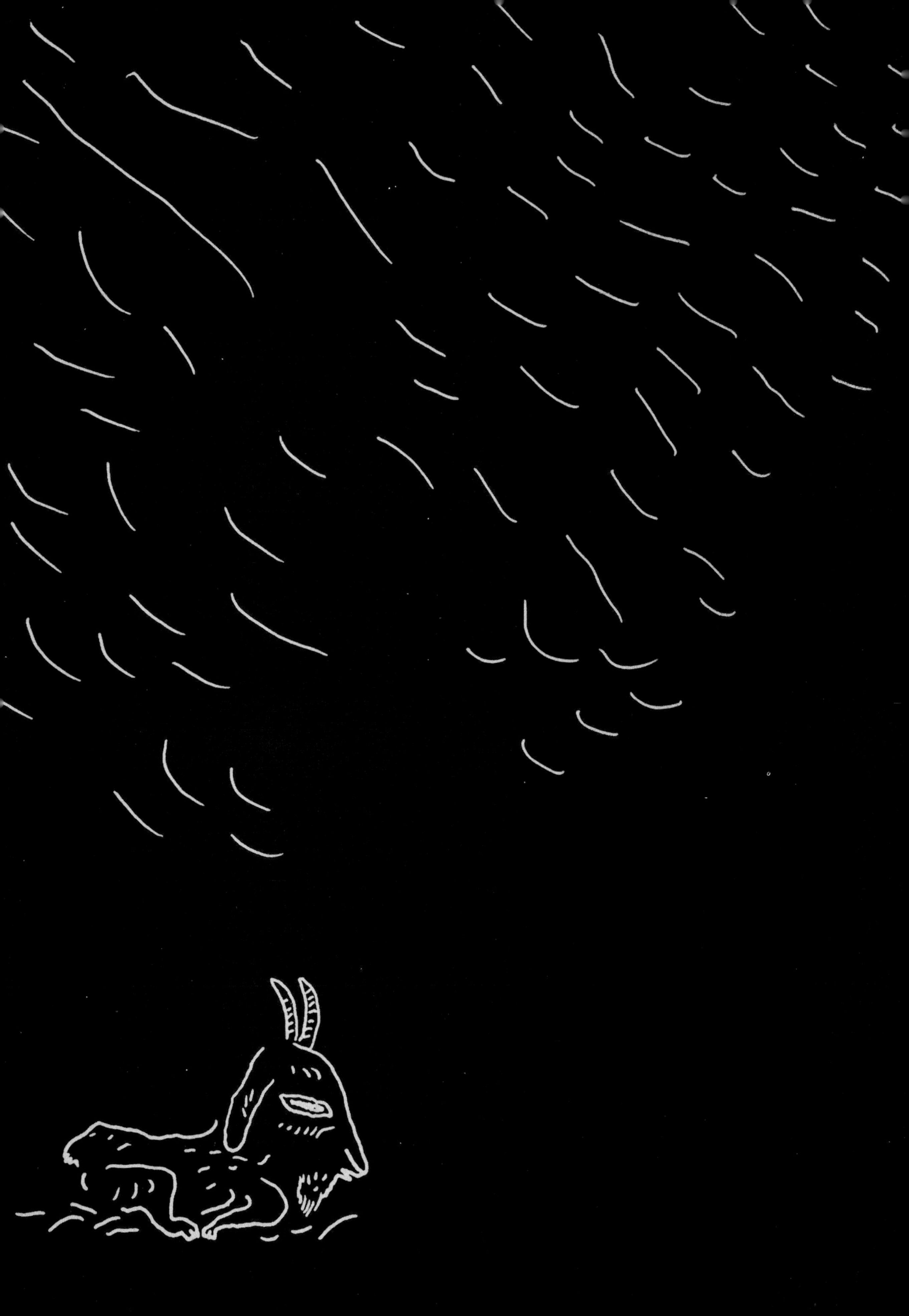

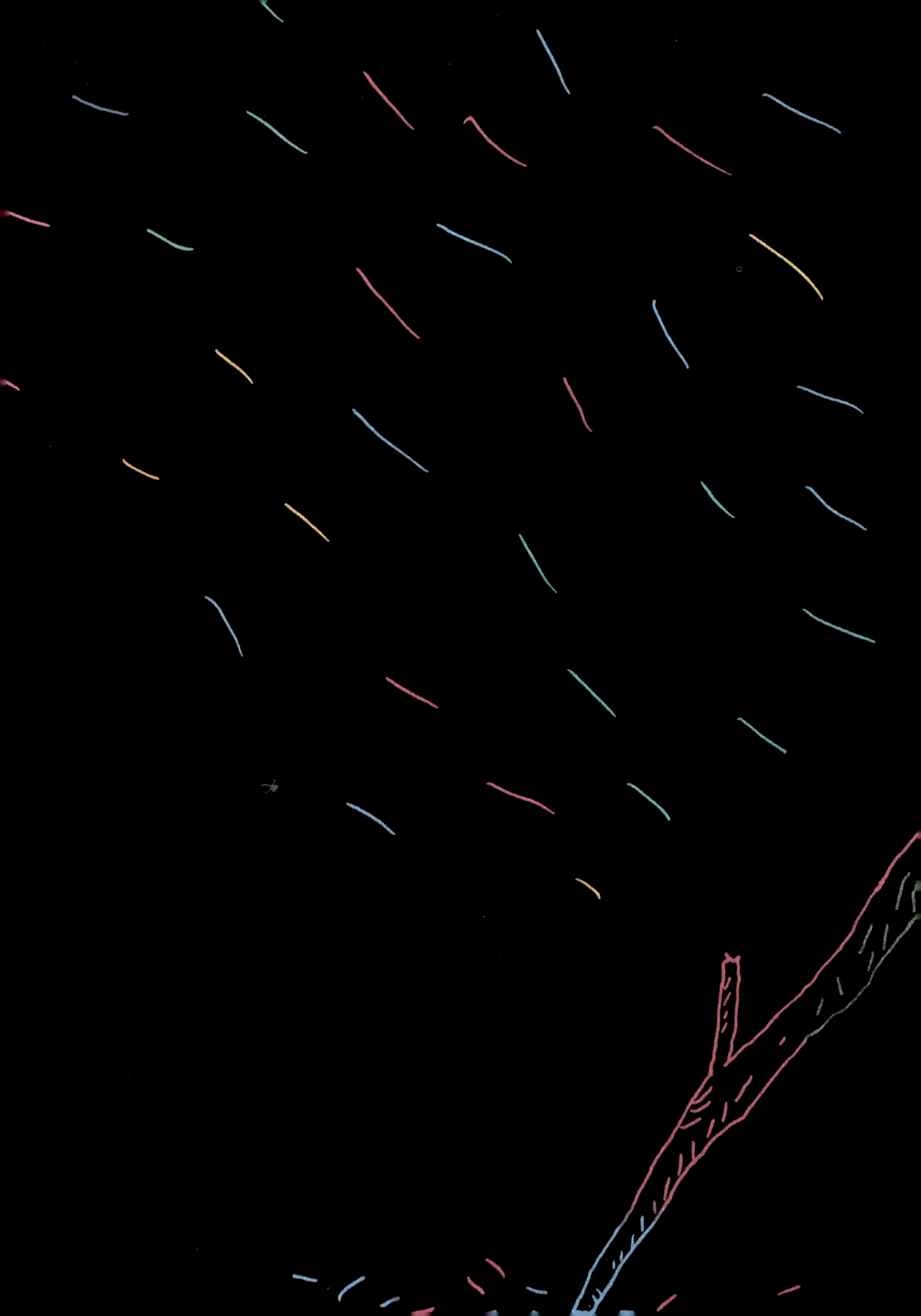

Devagarinho – clip... arrasta... clip – o animal se aproximava, pisando duro, passo a passo.

Ora, eram pisadas de cascos. Decerto era outra cabra.

Muito aliviada, a cabra falou:

– Que tempestade horrível, não é?

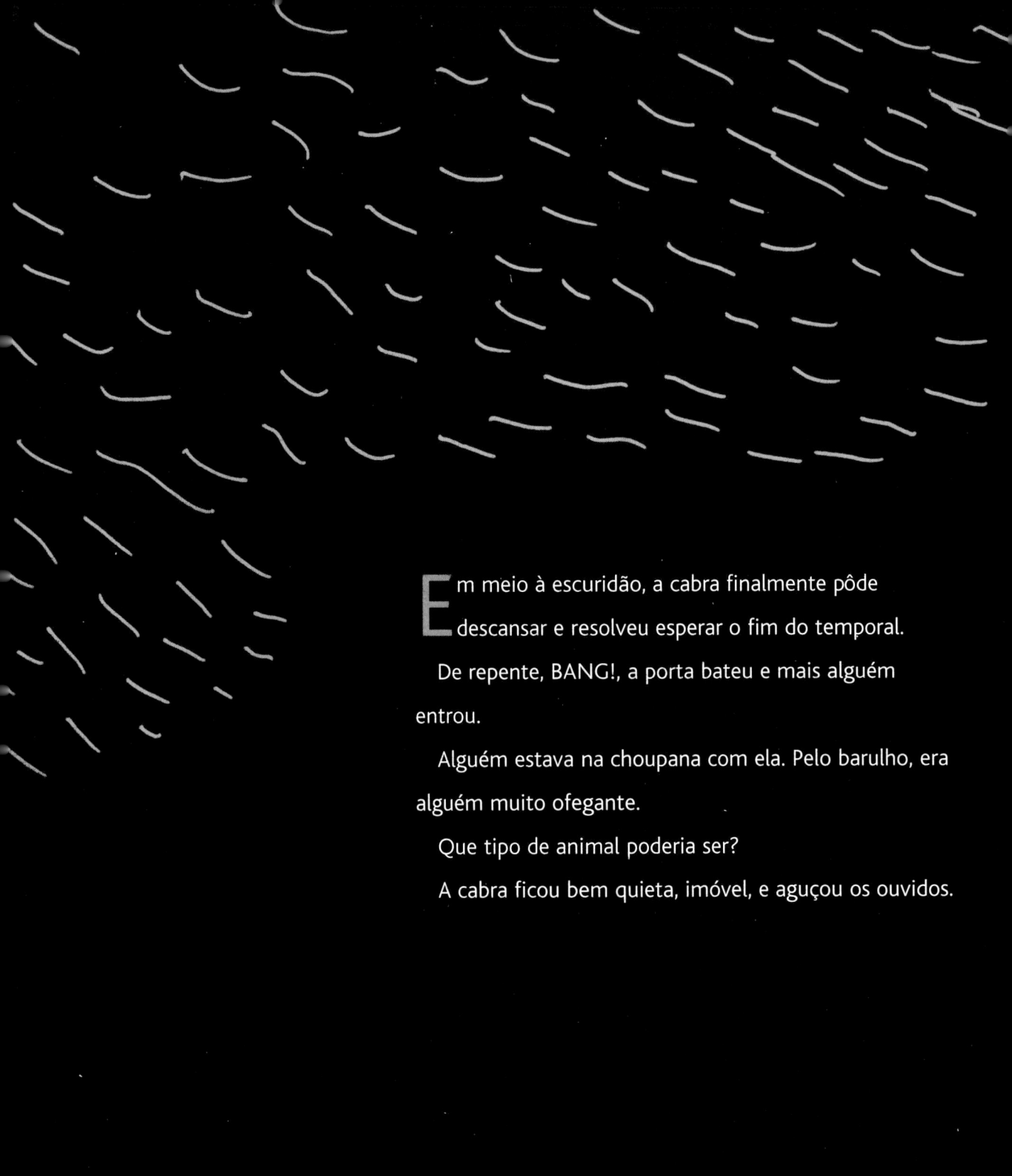

Em meio à escuridão, a cabra finalmente pôde descansar e resolveu esperar o fim do temporal.

De repente, BANG!, a porta bateu e mais alguém entrou.

Alguém estava na choupana com ela. Pelo barulho, era alguém muito ofegante.

Que tipo de animal poderia ser?

A cabra ficou bem quieta, imóvel, e aguçou os ouvidos.